Gustav Karbaum

Die Lehre vom Tragischen nach Aristoteles

Antigonos

Gustav Karbaum

Die Lehre vom Tragischen nach Aristoteles

Unveränderter Nachdruck der Originalausgabe von 1869.

1. Auflage 2024 | ISBN: 978-3-38615-993-7

Antigonos Verlag ist ein Imprint der Outlook Verlagsgesellschaft mbH.

Verlag: Outlook Verlag GmbH, Zeilweg 44, 60439 Frankfurt, Deutschland, info@outlook-verlag.de
Vertretungsberechtigt: E. Roepke, Zeilweg 44, 60439 Frankfurt, Deutschland
Druck: Libri Plureos GmbH, Friedensallee 273, 22763 Hamburg, Deutschland

Die Lehre vom Tragischen nach Aristoteles.

Von

Dr. Gustav Karbaum,

Gymnasiallehrer.

Eins der räthselhaftesten litterarischen Produkte, die aus dem hellenischen Alterthume uns überliefert sind, ist und bleibt die Poetik des Aristoteles. Es ist eine Schrift, für deren Erklärung, sowohl über ihren Ursprung, als über ihre gesammte Beschaffenheit, der Eifer der scharfsinnigsten und gelehrtesten Männer angeregt wurde. So viel Befremdendes die Hypothesen derselben auch im Einzelnen an sich tragen, im Wesentlichen laufen sie doch alle darauf hinaus, dass die Aristotelische Poetik in verstümmelter Gestalt auf uns gekommen sei. Nur auf diese Weise erklärt sich auch die Verschiedenheit in der sprachlichen Darstellung, die Ungleichheit in der Behandlung des Stoffes und andere Gegensätze, die sich uns darbieten. Trotz der Unvollkommenheit ist aber doch die Aristotelische Poetik für uns von unschätzbarer Wichtigkeit. Das hohe Interesse, welches sich noch heutigen Tages an diese Schrift knüpft, beruhet darauf, dass Aristoteles in derselben den Irrthum des Idealismus aufgedeckt, alle gegen die Kunst erhobenen Anklagen vernichtet und den hohen Werth derselben für alle Zeiten festgestellt hat.

An die Spitze seiner Poetik stellt Aristoteles das Princip der Lehre von der Mimesis, der Nachahmung, einen Begriff, der schon vor Aristoteles zur Bezeichnung des Wesens aller bildenden Künste gedient hatte. Mit der Aufstellung dieses Principes beginnt aber auch die Polemik des Aristoteles gegen Plato, die sich durch die ganze Poetik hindurchzieht. Poesie und Kunst nahmen im hellenischen Volksleben zu Plato's Zeiten eine hohe Stellung ein; ihnen schrieb man eine hohe Bedeutung für die Bildung der Menschheit zu, ja man wagte es sogar, der Philosophie diese Künste ebenbürtig zur Seite zu stellen. Diese Anmassung hielt Plato für ungerechtfertigt und polemisirte in seiner philosophischen Abhandlung heftig gegen alle Künste und suchte nachzuweisen, dass, da alle Künste auf dem Principe der Nachahmung beruhen, alle daher „nachahmende" seien, denselben auch alle Realität ermangele. Dem Künstler, sagt er, fehle daher alle Einsicht in das wahre Wesen der Dinge, sein Thun und seine Werke seien nur ein müssiges Spiel, darauf berechnet, dem unkundigen Haufen dasjenige, was ihm als schön erscheint, vorzuführen. Er vermisst in ihnen den in das Wesen der Dinge gehenden Ernst und schreibt ihnen nur die Fähigkeit zu, Sinnesreiz und Täuschung des Hörers und Beobachters hervorzurufen. Alle nachbildende Kunst ist daher nach Platon schlecht, sie wirkt in uns durch das schlechte und ihre Produkte sind daher nur schlechte. Dieses Resultat muss aber von der Tragödie um so mehr gelten, da sie die am Meisten und Vollständigsten mimetische Kunstform ist. Diese Auffassung der künstlerischen Mimesis musste aber Platon zu der beschränkten Consequenz führen, alle Kunst nur in so weit gelten zu lassen, als sie das sittliche Ideal auszudrücken und nachzubilden strebt.

Sollte also das Trauerspiel in seinem Idealstaate geduldet sein, so musste es vollkommen sittliche Reinheit und übermenschliche Erhabenheit des Helden im Leiden aufzeigen. Genügte es diesen Forderungen nicht, so war es für gefährlich und schädlich zu halten.

Gegen diesen ausgebildeten Idealist, der über die ganze Kunst seines Volkes das Verdammungsurtheil ausgesprochen hatte und vom Standpunkt seines Idealismus aus, die bestehende Welt umzugestalten für möglich erachtete und gegen diese seine Anschauungsweise nicht den Widerspruch der Zeit und seiner ganzen Nation scheuete, trat Aristoteles auf, indem er, wie überall in seinem philosophischen System, so auch hier, die lebendige Wirklichkeit zum Fundamente seiner Anschauung machte. Hatte Plato die Kunst nur eine Nachahmung der Wirklichkeit genannt, so suchte Aristoteles nachzuweisen, dass sie gerade deshalb um viel höher stehe als die Wirklichkeit. Hatte Plato die Tragödie eine Verderberin des sittlichen Charakters der Menschheit genannt, weil sie die Lust zur Klage und Jammer im Menschen mehre, so weist Aristoteles nach, dass es die grosse Aufgabe der Tragödie sei, diese Empfindungen in dem Menschen zu läutern, auf das richtige Maass zurückzuführen und den Menschen zur Einsicht in die lenkenden Mächte des Schicksals zu erheben.

So hat sich Aristoteles ein unsterbliches Verdienst durch seine Poetik erworben, da nicht nur für seine Zeit, sondern für alle Zeiten die Gesetze derselben Geltung haben. Es möge mir gestattet sein, einen Theil derselben, die Tragödie, welcher in der uns erhaltenen Poetik das Hauptaugenmerk zugewandt ist, in kurzen Zügen zu beleuchten.

In dem III. Cap. der Poetik giebt uns Aristoteles folgende Definition der Tragödie: „Es ist Tragödie Nachahmung einer Handlung würdig bedeutenden Inhalts und vollständig abgeschlossenen Verlaufs, die einen bestimmten Umfang hat, in künstlerisch gewürzter Sprache, deren Würzen jede für sich in den verschiedenen Partien der Tragödie zur Anwendung kommen; vorgeführt von gegenwärtig handelnden Personen und nicht durch erzählenden Bericht, durch Mitleid und Furcht die Läuterung der Empfindungseindrücke dieser Art zu Stande bringend." An die Spitze seiner Definition stellt Aristoteles das Princip der Nachahmung. Die Nachahmungsgabe ist dem Menschen von der Natur eingepflanzt, ebenso wie die ihm eigene Freude an den Produkten der Nachahmung. Beide sind in der Natur des Menschen selbst begründet und bilden den natürlichen Ursprung aller Poesie und Kunst. „Denn einmal," sagt Aristoteles C. 4, „ist das Nachahmen den Menschen von Kindheit an natürlich eigen, und sie unterscheiden sich von allen andern lebendigen Wesen dadurch, dass der Mensch vor allen zum Nachahmen das geschickteste ist, wie er denn auch sein erstes Lernen vermittelst der Nachahmung bewerkstelligt; und zweitens ist ebenso die Freude an den Produkten der Nachahmung eine natürliche Eigenschaft aller Menschen." Ganz übereinstimmend mit den Worten des Aristoteles sagt Göthe in den Wahlverwandtschaften: „Die Nachahmungsgabe des Menschen ist allgemein; er will nachahmen, nachbilden was er sieht, auch ohne die mindesten äusseren Mittel zum Zwecke." Ferner in den ital. Reisen sagt er von der Kunstfreude des grossen Haufens: „Sie besteht nur darin, dass die Masse das Abbild mit dem Urbilde vergleichbar findet." Mit welchem Rechte konnte aber Aristoteles der Poesie als künstlerische Nachahmung eine so hohe Stelle einräumen?

In der Kunst begreift der Mensch die Natur und entwickelt ihr eigenstes Wesen, Kunst ist daher Natur in ihrer Vollendung, die Aussage über das, was die Natur ihrem reinen begriffsmässigen Wesen nach ist. Denn der Künstler muss immer zuerst von der Beobachtung der Natur ausgehen und sich das Ideal durch Abstraction von der Wirklichkeit gewinnen. Gewiss steht daher die Kunst höher als die Natur, da es doch immer nur das Bedürfniss nach etwas Vollkommneren ist, als was die Natur hierin bietet, was zum Hervorbringen des Kunstwerkes Veranlassung giebt. Die Poesie aber ist unter allen Künsten die wichtigste und vornehmste, da ihr Material das Denken, das edelste, geistigste vor dem aller übrigen ist. Wie alle übrigen Künste erweckt auch die Poesie Empfindungen; die Mittel aber, womit sie dieselben hervorruft, sind nicht etwa sinnliche, sondern geistige; daher ist die Poesie die vorzugsweise erhabene, geistige, selbständig schaffende Gattung der Künste und der sinnlichen Wirklichkeit unter allen Künsten am fernsten stehend, überblickt sie dieselben mit desto grösserer Freiheit und im reinsten Lichte des Geistes. Die Nachahmung des Dichters besteht daher in einem freien Schaffen, der Dichter selbst ist Schöpfer, weil seine Nachahmung eine geistige ist, die uns das ewige nothwendige Walten der Mächte vor Augen führt.

Die höchste Stufe aber dieser geistigen Thätigkeit räumt Aristoteles dem tragischen Dichter ein. Da unter allen Gattungen der Poesie in der Tragödie die specifische Ausprägung des Erhabenen liegt, so ist auch das Nachahmen des tragischen Dichters das künstlerischeste. Seine Dichtung ist zwar Mimesis, denn er schildert uns das Leben und zwar das Leben in seiner ernstesten Bedeutung. Insofern aber das Leben nicht den Zufälligkeiten und Unwesentlichkeiten der Realität unterworfen erscheint, sondern die höhere Wahrheit des künstlerischen Scheins als Kunstzweck uns vor Augen tritt, so ist die Dichtung eine freie schöpferische Thätigkeit, welche das Kunstwerk weit über die Realität erhebt. Dies hatte auch jedenfalls der geistreiche Sophist Hoagias im Auge, der sein Urtheil über die Tragödie in die Worte zusammenfasste: „Die Tragödie ist freilich eine Täuschung, ein Schein, aber ein solcher, der denjenigen, dem er gelingt, über den stellt, dem er nicht gelingt, und bei dem der Getäuschte weiser und gebildeter erscheint, als der nicht Getäuschte."

Das Object der Nachahmung des Tragischen ist das Leben, das Leben selbst aber ist nach Aristoteles Handlung. Deshalb ist auch die Tragödie nach Aristoteles: Nachahmung einer Handlung. Aristoteles selbst sagt zur Erklärung dieses Wortes: „Die Tragödie ist nachahmende Darstellung nicht von Menschen, sondern von Handlung und Leben, Glück und Unglück — denn auch das Unglück besteht in Handlung — und ihr Endziel ist eine bestimmte Handlung, nicht eine Beschaffenheit. Ohne Handlung ist keine Tragödie möglich." Zur Handlung aber sind bestimmte handelnde Personen nöthig, welche nothwendig von einer gewissen Beschaffenheit sein müssen, sowohl in Bezug auf ihren Charakter als auf ihre intellectuelle Thätigkeit. Denn dies sind die beiden Dinge, durch welche das Urtheil über die Beschaffenheit der Handlungen bestimmt wird.

Da nach Aristoteles den Inhalt einer tragischen Dichtung eine Begebenheit bildet, der Mittelpunkt und Träger einer solchen aber der Mensch, und zwar immer ein bestimmter Mensch ist, um welchen alle übrigen Personen, welche an der Begebenheit Antheil haben, sich nur als Hülfsmittel gruppiren, so ist es natürlich, dass dieser persönliche Mittelpunkt in sich die Interressen einer Gattung vertreten muss.

In dem Subjecte der Begebenheit wird uns daher eine bestimmte Seite des menschlichen Lebens nach allen seinen nothwendigen Beziehungen hin dargestellt. Welcher Seite aber das Subject sich zuwendet, ist von dem Triebe jedes Einzelnen bedingt, in welchem Aristoteles mit Recht eine Grundursache, ein Motiv allen Handelns erblickt. In dem Triebe aber offenbart sich auch die sittliche Neigung, auf welcher die eigenthümliche Individualität beruht, in der Art und Weise aber, wie das Subject das Erstrebte zu verwirklichen, den Zweck des Lebens zu erreichen, den Kampf von Ideen zu überwinden strebt, die intelectuelle Thätigkeit, die Reflexion des Subjects.

Gleichwohl würde die Tragödie ganz ihre Aufgabe verfehlen, wenn sie das Charakter-gemälde zur Hauptsache machen wollte. Viele Dichter sind in diesen Fehler verfallen, sie haben in Uebereinstimmung mit dem Charakter ihrer Zeit, wohl den sittlichen und religiösen Anschauungen Ausdruck gegeben, den wahren Kunstzweck aber haben sie ganz aus dem Auge verloren. Denn das Endziel der Tragödie soll nicht die Darstellung der Menschen, die durch ihre Handlungen ihren

Charakter erst kund geben, sondern die Handlung, die Thatsache selbst bilden. Mit Recht hat daher Aristoteles zum Grundbestandtheil der Tragödie die Fabel erhoben, worunter er die Verknüpfung der einzelnen Begebnisse versteht, und hierin hat er auch den Beifall der grössten Aesthetiker der Neuzeit gefunden. „Kein Werk der Kunst," sagt Vischer, „ist so ganz Composition wie das Drama, denn in keinem wird aller Stoff so durchgearbeitet und alles Einzelne so ganz und straff in einen Zusammenhang gerückt, worin es seine ganze Bedeutung durch die Beziehung zum andern hat. Das ist die weitere, specifisch künstlerische Bedeutung des Aristotelischen Satzes, dass in der Tragödie nicht die Menschen, sondern die Zusammenstellung der Begebenheiten, die Behandlung des Mythus, d. h. der Fabel, die Hauptsache sei." Schiller schreibt an Göthe: „Dass Aristoteles bei der Tragödie das Hauptgewicht auf die Verknüpfung der Begebenheiten legt, heisst recht den Nagel auf den Kopf getroffen."

Obgleich diese Aufgabe anscheinend so leicht ist, fasst sie doch grosse Schwierigkeiten in sich, und es kann sogar als die höchste Kunst des tragischen Dichters gelten, die einzelnen ihm vorliegenden Begebenheiten in eine harmonische und ästhetisch befriedigende Verbindung zu setzen, da die Composition eine Einsicht in die innere Natur und das Wesen der einzelnen Begebenheiten voraussetzt. Welche Begebnisse sind aber zu einer solchen Verbindung geeignet?

Die Begebenheit muss in sich selbst von der Art sein, dass nicht das Eintreten in eine solche Verbindung als etwas von vornherein für sie Unmögliches erscheint. Sie muss daher an und für sich durchaus durchsichtig und wahrscheinlich sein, weil sie nur unter diesen Bedingungen mit einer ihr entgegengesetzten organisch verbunden werden und zu einer harmonischen Einheit zusammenfliessen kann; ist sie unklar und unwahrscheinlich, so muss sie von vornherein zum Eintritt in eine harmonische Verbindung unfähig erscheinen, da nur aus einer sichtbar gewordenen Einheit an und für sich entgegengesetzter Begebnisse eine ästhetische Befriedigung hervorgeht.

Alles Schöne aber darf nicht jede beliebige Grösse haben, da Grösse und Ordnung das Schöne bedingen. So ist auch die Tragödie eine Handlung vollständig abgeschlossenen Verlaufs, die einen bestimmten Umfang hat. „Wie bei den Körpern und den lebendigen Geschöpfen es gilt, dass sie eine gewisse Grösse haben müssen, die aber leicht überschaulich ist, so auch bei den Fabeln; sie müssen eine gewisse Länge haben, die aber leicht behaltbar ist. — Derjenige Umfang, innerhalb dessen, bei einem nach den Gesetzen der Wahrscheinlichkeit oder Nothwendigkeit stätig fortschreitenden Verlaufs der Dinge, ein Umschlag aus Unglück in Glück, oder aus Glück in Unglück geschehen kann, ist eine genügende Grenzbestimmung des Umfangs." Das ist die Aufgabe des tragischen Dichters, dass er die von ihm vorzuführenden Begebenheiten in einen engen Rahmen fügt, der zugleich durch eine bestimmte Zeitdauer begrenzt wird, innerhalb dessen alles Einzelne zu einem übersichtlichen Bilde gestaltet wird. Der epische Dichter ist nicht durch solche Grenzen gefesselt, er hat das wirklich Geschehene nur zu erzählen und kann deshalb den natürlichen Windungen, die der Stoff bietet, weit ungestörter in seiner Darstellung nachgehen.

Während es daher dem epischen Dichter gestattet ist, durch vielfache Schilderungen die Zuhörer aufzuhalten, so muss der tragische Dichter, dessen Handlung dem Raume und der Zeit nach abgegrenzt ist, energisch und rasch auf sein Ziel lossteuern. Episoden in seine Dichtungen einzuflechten ist daher dem tragischen Dichter durchaus untersagt. Der tragische Dichter, der uns die Wirklichkeit in der That als solche vorzuführen hat, ist in Folge dessen auch an die natürlichen Grenzen der Zeit und des Ortes gebunden, über welche er nicht hinausgehen darf. Jede zeitliche und örtliche Verletzung der Handlung ist daher für den dramatischen Dichter etwas an sich Falsches, da jede Verletzung einer Darstellung, die uns die Wirklichkeit als solche wiederspiegeln soll, widerspricht. Gewinnt auch durch ähnliche Licenzen die Dichtung vielleicht an Ausdehnung und Lebhaftigkeit, so verliert sie aber an innerer Strenge und nothwendiger Zucht. Die Gesetze, welche der tragische Dichter bei der Kunst des Gruppirens und bei der Composition seiner Begebenheiten festzuhalten hat, sind deshalb nicht unbedeutend, wenigstens hat er sich im Vergleich zu dem epischen Dichter eine weit grössere und strengere Selbstbeschränkung aufzulegen, der die Wirklichkeit uns nur in der Einbildung vorführend, nicht an natürliche Grenzen gebunden ist. Hierin mag wohl auch der Grund liegen, weshalb die alte Tragödie, die sich allerdings ihrem Stoffe nach fast auf den ganzen Umfang der älteren volksthümlichen Tradition erstreckt, dennoch die rein epischen Stoffe, als ihren besonderen Zwecken fremdartige, nur weniger behandelt hat. Wenn auch die Tragödie auf das Epos als seine Quelle zurückweist, so waren es doch weniger allgemeine nationale Ereignisse, als vielmehr besondere Begebenheiten und Geschichten einzelner Landschaften und Stämme, aus denen die Tragödie ihren Stoff entnahm.

Im Vorhergehenden war gesagt worden, welche Begebenheiten zur Darstellung in der Tragödie geeignet seien und welche Gesetze der tragische Dichter bei der Composition derselben festzuhalten habe. Soweit wir aber den Stoff, den der tragische Dichter zu behandeln hat, betrachtet haben, so hat derselbe doch diese und jene charakteristischen Merkmale mit anderen Gattungen der Poesie, wenigstens mit dem Drama gemein. Was ist nun dasjenige, was den Stoff zu einem tragischen macht? »Der Gegenstand der Nachahmung in der Tragödie ist nicht bloss eine in sich vollständige Handlung, sondern Nachahmung furchtbarer und mitleidswerther Begebenheiten. Solche aber erhalten diesen Charakter hauptsächlich dadurch, dass sie in einem Causalzusammenhange unter einander stehen, und in noch höherem Maasse, wenn sie wider Erwarten eintreten. Denn auf diese Weise werden sie in höherem Grade die Eigenschaft des Wunderbaren an sich tragen, als wenn sie von Ungefähr oder durch Zufall eintreten, da ja selbst unter den zufälligen Ereignissen diejenigen den grössten Eindruck des Staunens hervorzubringen pflegen, welche gleichsam wie absichtlich gerufen eintreten.«

Der innere Zusammenhang der Fabel ist ein nothwendiges Erforderniss. Diese Forderung ergiebt sich aber schon aus der substantiellen Inhaltbestimmung der tragischen Fabel und Handlung. Ihr Inhalt ist das Furchtbare und Mitleid Erregende. Die Begebenheiten werden aber diesen Charakter nur dann an sich tragen, wenn in dem Gange der Handlung der engste Zusammenhang herrscht, und trotz dieses Zusammenhangs dennoch das Entsetzliche und Jammervolle unerwartet zu Tage tritt.

Zu der substantiellen Inhaltsbestimmung der tragischen Fabel und Handlung gehört also, da der Mensch darauf gestellt ist, ursachlicher Zusammenhang als das Erste und Bedeutendste anzusehen und auf sich wirken zu lassen, dass im Gange der Handlung die einzelnen Ereignisse, Eins an das Andere in gleichem Fortschritte sich anreihe, das Furchtbare und Staunenvolle aber dem Zuschauer dennoch unerwartet erscheine. Zwei Forderungen stellt also Aristoteles an die furchtbaren Begebenheiten: sie sollen unerwartet und dennoch wie absichtlich gerufen eintreten. Wie lässt sich beides vereinen? Das rein Zufällige und Ungefähre, will er sagen, soll dennoch als beabsichtigte, auf einen bestimmten Zweck gerichtete That erscheinen. Wenn die Sache sich so verhält, dass neben dem Streben nach Grösse und Glück die Anstalten hergehen, alles Unglück zu vermeiden, gerade diese Anstalten aber durch eigene Schuld des Trägers der Handlung das Gegentheil ihres Zweckes hervorrufen, so wird das eintretende Unglück zwar unerwartet, aber auch wie absichtlich gerufen erscheinen. Schon aus dem bisher Gesagten geht hervor, dass der Ausgang oder das Resultat einer jeden tragischen Begebenheit ein für die Hauptperson der Handlung unglückliches sein muss. Das Entgegengesetzte, eine Tragödie mit glücklichem Ausgange, ist etwas wesentlich Falsches und Verkehrtes und kommt da, wo die Tragödie ihrer Natur nach rein gehalten ist, nie vor. Das Subject, der Träger der Handlung muss untergehen, muss gestürzt werden, sei es, dass dieses nun physisch geschieht, oder irgend wie bewerkstelligt wird. Der Untergang aber wird durch die innere Natur und den Charakter des Tragischen bedingt.

In dem Oedipus auf Kolonos ist der Ausgang der Begebenheit ein für das Subject selbst günstiger. Aber die Fülle des Unglücks, welche auf dem Helden lastet, ist so gross, dass der Eindruck der Vernichtung nicht aufgehoben, sondern nur gemildert wird. Es ist hier mehr die Reihe der einzelnen Effecte als der letzte Totaleffect, worin die Bedeutung des Tragischen liegt. Doch 'ist der Charakter des Tragischen auch hier schon verwischt und erscheint uns im Oedipus Tyrannus und in der Antigone in viel reinerem Lichte.

Wegen der aufgezählten Bedingungen, die zu einer guten tragischen Fabel gehören, hielt sich die Tragödie in dem Kreise einiger weniger Geschlechter, z. B. der Labdakiden, Atriden und anderer, deren Geschichte aber in hohem Grade tragisch war, man kann sagen, aus einer ganzen Reihe in einander verketteter tragischer Begebenheiten zusammengesetzt war. Kein Wunder daher, dass die tragischen Dichter immer wieder dieselben Stoffe, dieselben Schicksale, dieselben Erlebnisse derselben Familien in ihren Stücken behandelten.

Es ist uns noch übrig von der einer Tragödie geziemenden Beschaffenheit der in ihr vorgestellten Charaktere zu reden. Was fordert Aristoteles? „Da die Composition“, sagt er, „nicht eine einfache, sondern eine verwickelte sein muss, und zwar in der Art, dass sie mitleidswerthe und furchtbare Ereignisse darstellt — denn das ist das Eigenthümliche dieser Art von Kunstdarstellung — so ist zuvörderst offenbar, dass in dem dargestellten Schicksalswechsel weder die tugendhaften Männer aus Glück in Unglück gerathend dargestellt werden dürfen — denn das ist weder mitleid- noch furchterregend, sondern empörend — noch die lasterhaften aus Unglück in Glück — denn das ist das Untragischeste von Allem, weil es keins der Momente enthält, auf die es ankommt; es erregt nämlich weder unsere menschliche Theilnahme, noch unser Mitleid oder unsere Furcht. — Es bleibt also nur der zwischen diesen beiden in der Mitte stehende übrig. Ein solcher aber ist der, welcher einerseits ohne durch Tugend und Gerechtigkeit alles zu überragen, andererseits doch auch wieder nicht durch Schuld seiner Schlechtigkeit und Bosheit den Umschlag von Glück in Unglück erleidet, sondern durch irgend einen Fehltritt.“

Es ist ein ewig waltendes Weltgesetz, dass nicht das Subject die Objectivität, sondern diese das Subject sich unterwirft. Nimmt das Subject eine falsche oder unberechtigte Stellung zur Objectivität ein, so wird dieselbe stets ihr höheres Recht geltend machen und zur Vernunft zurückführen. Von diesem Gesichtspunkte aus muss auch die Tragödie die Welt auffassen. Ihr Inhalt ist die Vernichtung eines Subjects, welche durch eine falsche Stellung zur Objectivität herbeigeführt wird, das Zerschellen der Wünsche an der Klippe der Wirklichkeit. Das aber eben ist der Fehltritt, welchen Aristoteles von dem darzustellenden Subject verlangt, dass der Handelnde sich zur Wirklichkeit in ein anderes Verhältniss setzt, als diese verlangt, dass er das allgemeine Gesetz des Handelns verletzt und auf einen einseitigen Standpunkt des Rechts sich stützt. Nicht ein bürgerlicher Verbrecher, der ein Gesetz des Staates, nicht ein sittlicher, der ein Gesetz der Tugend verletzt hat, ist der Träger der Handlung, — denn wie könnten wir denn überhaupt noch für denselben uns interessiren, — wohl aber ein Uebertreter des Gesetzes der Wirklichkeit, welches das absolut höhere, das allgemein herrschende im Vergleich zu dem besonderen Rechte ist, und diesem allgemeinen Gesetze der Wirklichkeit muss auch das Subject seiner Einseitigkeit wegen zum Opfer fallen. Deshalb werden uns auch in der Tragödie nicht Ideale als Inbegriff aller Vollkommenheiten, sondern wirkliche Menschen, die aus dem Leben, so wie es ist, herausgerissen sind, in welchen Recht und Unrecht in bestimmter Weise sich vermischen, dargestellt. Die Berechtigung aber der Handlung kann natürlich bei dem einen eine grössere, bei dem anderen eine geringere sein. Je grösser aber der zu überwindende Widerspruch ist, um so mehr wird der Eindruck bei dem Zuschauer gesteigert. Hiernach bestimmt sich auch der Grad des Tragischen, nicht, wie man glauben könnte, nach der Masse des Schrecklichen. Je grösser oder je schwieriger der Conflict des besonderen Rechts oder der subjectiven menschlichen Wahrheit mit dem allgemeinen oder objectiven Rechte ist, um so mehr oder weniger tragisch ist die Handlung.

Aristoteles fordert als tragischen Helden ein Wesen, in welchem wir unseres Gleichen erkennen, ein Wesen, welches durch irgend einen Fehl aus Glück in Unglück geräth. Wie Aristoteles, so hat auch Lessing die absolut tugendhaften und schuldlosen Helden im Trauerspiele verworfen, weil die Darstellung derselben im Leiden untragisch, weil sie etwas frevelhaft Grässliches, ja weil sie eine Versündigung gegen die Gottheit selbst sei. Damit wir aber die Ursache von dem Unglück des tragischen Helden, als von einem nothwendig herbeigeführten begreifen, so wird eine Schuld, ein Fehl, und zwar ein solcher, der wesentlich in's Gesicht fällt, gefordert. Können wir aber dann noch geneigt sein, mit dem tragischen Subject uns jemals zu identificiren? Stellt es uns nicht vielmehr das Unwahre, das Abschreckende des Lebens vor Augen? Muss nicht gerade statt des Enthusiasmus die Missbilligung des tragischen Helden in uns erweckt werden?

Ein Abbild der wahren und wirklichen Menschheit fordert Aristoteles, aber ein Abbild der Menschheit in ihrer erhabenen und edleren Gestalt, einen Charakter, der über das gemeine Maass der sittlichen Grösse sich erhebt. So ernst er sich gegen die makellosen Charaktere erklärt, und so nachdrücklich er verlangt, dass wir mit dem leidenden und büssenden Held uns verwandt fühlen sollen, ebenso nachdrücklich fordert er eine gewisse Haltung und Erhabenheit der Charaktere. „Der eine und wichtigste Punkt," sagt Aristoteles C. 15, „auf den der Dichter sein Augenmerk bei den Charakteren richten muss, ist, dass sie sittlich tüchtig sind." Es ist also etwas Grosses und Werthvolles des menschlichen Lebens, das an dem tragischen Helden uns gezeigt wird und für denselben uns begeistert. Kann es überhaupt anders sein? Wenn nicht die Vernichtung des tragischen Helden nur als eine Folge der bürgerlichen Gerechtigkeit erscheinen, alle ästhetische Befriedigung aber schwinden soll, so muss ein gewisses inneres Recht füs das dramatische Subject nothwendig vorhanden sein. Dieses Recht aber kennen wir schon, es ist das besondere subjective Recht, welches der empirischen Wirklichkeit entgegengestellt ist. Befinden wir uns daher auch in der Lage, den tragischen Helden missbilligen zu müssen, insofern er das allgemeine Gesetz der Natur und der Wirklichkeit nicht anerkennt, so müssen wir doch andererseits mit Bewunderung zu dem tragischen Helden aufblicken, insofern er seinen Willen als menschlich berechtigt, dem allgemeinen objektiven Rechte gegenüber zur Geltung zu bringen bestrebt ist. Insofern wir aber dem tragischen Helden, in dem wir unseres Gleichen erblicken, eine gewisse Anerkennung gewähren, so werden auch in uns, die wir mit dem leidenden Helden selbst leiden, indem wir für sein furchtbares Schicksal, hervorgerufen durch den furchtbaren Conflict, fürchten, die leidvollen Empfindungen von Mitleid und Furcht wachgerufen. Mitleid und Furcht sind aber die nothwendigen Elemente, sind die Wirkungen, die der Dichter durch die vorgestellte Handlung hervorzubringen sich bestreben soll.

Mitleid und Furcht soll in dem Zuhörer wachgerufen werden. Was ist das aber für ein Mitleid, was ist das für eine Furcht? Kann hierüber noch ein Zweifel herrschen? Bemitleiden wir nicht das Schicksal des tragischen Helden, fürchten wir nicht eben dasselbe Leiden, welches wir bemitleiden als etwas Schreckbares? Dass das Mitleid, welches wir empfinden, dem tragischen Subject zugewendet ist, das steht fest; dass das Fürchten aber auf unsere eigene Person gerichtet ist, dass es ein Fürchten für uns ist, wie einige Erklärer der Aristotelischen Definition behaupten, das möchte ich bezweifeln.

Zu dieser Annahme drängte die falsche Auffassung. des Zusammenhangs von Furcht und Mitleid. Bekanntlich glaubten einige Erklärer, dass das Mitleid durchaus nicht stattfinden könne, wenn nicht auch Furcht für uns vorhanden sei. Mitleid und Furcht sind aber zwei Begriffe, die nicht, wie man in Folge eines Missverständnisses behauptet hat, in so engem Verhältnisse stehen, dass sie sich gegenseitig bedingen sollten. Hätte Aristoteles unter der Furcht die Furcht für uns selbst gemeint, so hätte er gewiss, um allen Schwierigkeiten und Zweifel in der Erklärung uns zu überheben, auch dies durch den kleinen Zusatz $\dot{\eta}\mu\tilde{\iota}\nu$ ausdrücklich angedeutet. Aus zwei Gründen aber können wir jene Auslegung, dass der Begriff der Furcht in Beziehung auf uns selbst gemeint sei, nicht gelten lassen. Es steht fest, dass nicht alle Menschen eine gleiche Besorgniss für sich haben. Die einen fürchten wenig oder gar nichts für sich, die anderen sind ängstlicherer Natur und haben eine übermässige Furcht vor den Uebeln, die sie treffen könnten. Mithin müsste die Tragödie bei den einen eine geringe, bei den anderen eine grosse Wirkung hervorrufen, während sie doch bei allen Zuhörern eine gleiche Wirkung hervorbringen will. Ja es würde sogar die Tragödie bei denjenigen Menschen, die eine übermässige Besorgniss für sich hegen, nicht eine Reinigung der leidvollen Empfindungen, was doch der Endzweck derselben ist, zu Wege bringen, sondern nur dieselben erhöhen.

Aber auch aus ästhetischen Rücksichten dürfen wir jener Ansicht nicht huldigen. Dass das Furchtbare oder die Furcht an sich zur Hervorbringung des Schönen sehr förderlich ist, räumen wir ein. Dass aber die Furcht für unsere eigene Person das Schöne zu bewirken im Stande sei, das ist gewiss nicht wahr. So viel ist also klar, dass Aristoteles nicht die Furcht für uns selbst im Sinne gehabt hat. Nun — dann muss er wohl die Furcht für den tragischen Helden, die Furcht, dass diesen das Unglück treffen würde, welches ihn trifft, gemeint haben.

Diese Ansicht besitzt auch vor der oben genannten entschiedene Vorzüge und scheint auf die Forderung des Aristoteles zu passen, dass man zu tragischen Helden nicht ganz schlechte Charaktere wählen solle, da für diese wir weder Furcht noch Mitleid empfinden können. Gleichwohl scheint sie mir doch nicht richtig zu sein. Mag es sein, dass das Grosse des Subjects, was uns als wünschenswerth erscheint, was unser ganzes Interesse an demselben hervorruft, vielleicht auch eine momentane Furcht für den Untergang desselben hervorzurufen im Stande ist; die einzelnen Situationen des tragischen Subjects sind aber gewiss nicht der Art, dass sie eine wahre Furcht für den Fall desselben in uns erwecken könnten.

Die wahre tragische Furcht, sie muss nothwendig eine andere sein. Es ist die Furcht im allgemeinsten Sinne des Wortes gemeint. Die einzelnen Situationen des tragischen Helden sind nicht der Art, dass wir sie für uns herbeizuwünschen geneigt sind. Mithin ist es das Ganze der Handlung, die Verhältnisse insgesammt, für die wir uns begeistern sollen. Ebenso verhält es sich mit der Furcht. Fürchten wir etwas in der Tragödie, weil es an sich schon furchtbar ist? Gewiss nicht, sondern weil es durch die ganze Darstellung und Schilderung furchterregend für uns geworden ist. Jedermann weiss, dass Dinge, die an und für sich nicht furchterregend sind, durch die Art der Entwickelung das Gefühl der Furcht in uns hervorbringen können, umgekehrt Dinge, die wirklich furchtbar sind, weniger furchterregend aber dargestellt werden, auch das Gefühl der Furcht wenig oder gar nicht hervorrufen.

Wir wissen aber, dass der tragische Held dem nothwendigen Gesetze des Lebens unterliegen muss, es muss ein Ereigniss geschehen, dessen Eintritt schon etwas Furchtbares an und für sich ist. In dem Gange der Erzählung steht ihm aber noch ein anderes Leid bevor. Wir werden in einer fortwährenden Spannung und Erwartung gehalten, ob dasselbe ihn treffen werde oder nicht. Diese ewige Spannung aber auf etwas Furchtbares, ist sie etwas anderes als die tragische Furcht?

Wenn aber diese leidvollen Empfindungen von Mitleid und Furcht in uns wach zu rufen eine Leistung des tragischen Dichters ist, wie kommt Aristoteles dazu, von der Tragödie zu verlangen, dass sie das Gegentheil dieser Schmerzempfindungen, Lustgefühl und Befriedigung, als ihr Endresultat zuwegebringe?

Am Ende des 13. Cap. sagt Aristoteles ausdrücklich: »Diese Befriedigung, welche wir empfinden, wenn die Guten schliesslich für ihre Leiden belohnt, und die Schlechten für ihre Uebelthaten bestraft worden, ist nicht diejenige, welche die Tragödie gewähren soll, sondern ist vielmehr der Komödie eigen.« Es sind das beiläufig gesagt die berühmten Worte, womit Aristoteles die Ansichten vieler seiner Zeitgenossen bekämpfte, welche die tragische Poesie zur moralischen allgemeinen Lehrtendenz erhoben, und in der Darstellung der Leidenschaften und Fehler der Helden nur warnende Beispiele erblickten. Ferner sagt Aristoteles im 14. Cap., sich gegen die Dichter wendend, welche zur Erzeugung der tragischen Empfindungen des Mitleids und der Furcht die Wirkung durch den Gesichtssinn nöthig haben: »Die Dichter, welche durch die Vorstellung nicht das, was Furcht, sondern lediglich was Staunen erregt zu Wege zu bringen streben, haben gar nichts mehr mit der Tragödie gemein. Denn nicht alle und jede Lust soll man von der Tragödie verlangen, sondern die ihr eigenthümliche. Da es nun die aus Mitleid und Furcht durch Vermittelung der dichterischen Darstellung hervorgehende Lust ist, welche uns der Dichter bereiten soll, so liegt es am Tage, dass er dies in die dargestellten Thatsachen hineinzudichten hat.«

Ein Lustgefühl also, eine Befriedigung, welche aus den Empfindungen von Mitleid und Furcht, welche der Dichter durch die Darstellung in uns erweckt hatte, hervorgeht, uns zu verschaffen, das soll die Endaufgabe des Dichters sein, die Katharsis der leidvollen Empfindungen, welche Aristoteles in der Definition mit den Worten bezeichnet hat: »Durch Mitleid und Furcht die Läuterung der Empfindungseindrücke dieser Art zu Stande bringend.«

Wie genügt aber der tragische Dichter dieser Aufgabe? Im 4. Cap. der Poetik lesen wir: »Die Freude an den Produkten der Nachahmung ist eine natürliche Eigenschaft aller Menschen. — Dieselben Gegenstände nämlich, welche wir in ihrer natürlichen Realität mit Unlust sehen, betrachten wir gerade in ihren vollendetsten Abbildungen mit Vergnügen.« Der Philosoph belehrt uns in diesen Worten über die Wirkung der Realität und über die Nachahmung derselben durch die Kunst. Da jedes Kunstwerk uns die Wirklichkeit, auf die es sich bezieht, oder welche es vorstellt, nur in einem täuschend nahekommenden Scheine wiederspiegelt, so muss dasselbe nach Aristotelischer Ansicht für den Betrachter überwiegend erfreulich erscheinen. Dieser Satz, welchen Aristoteles von den Kunstwerken im Allgemeinen gelten lässt, muss, da nach seiner Theorie alle Poesie, insbesondere aber die Tragödie eine Nachahmung der Wirklichkeit ist, von der Tragödie im höchsten Maasse gelten. Hat daher die Vorstellung der tragischen Handlung schmerzliche Empfindungen durch die Furchtbarkeit ihres Inhalts in uns erweckt, so werden doch, wenn dieses Traumbild des Schauders und des Abscheus an uns vorübergegangen ist, die leidvollen Eindrücke verwischt werden und ein Gefühl der Freude wird in uns erweckt werden, dass wir nicht der wahren Wirklichkeit gegenüberstanden, sondern nur in einem der Wirklichkeit nahekommenden Scheine uns befanden. Das Bewusstsein, dass wir nicht in der Welt der Wirklichkeit, sondern in einer Scheinwelt uns befinden, das macht also von vorn herein das Gefühl der Freude über die leidvollen Empfindungen überwiegen.

Das Gefühl der Befriedigung und Lustempfindung wird aber auch hervorgerufen aus der Einsicht in die innere Nothwendigkeit und in die tragische Gerechtigkeit.

»Die Poesie ist philosophischer und gehaltvoller als die Geschichte,« sagt Aristoteles im 9. Cap., wo er über das Verhältniss von Poesie und Geschichte spricht, »denn die Poesie stellt mehr das Allgemeine, die Geschichte das Einzelne dar.«

Was aber von der Poesie im Allgemeinen gilt, muss von der Tragödie, der höchsten Form der Poesie, am meisten Geltung haben. In der wirklichen Welt werden wir nur selten zur Erkenntniss der ewigen Vernünftigkeit gelangen, wohl aber in der vom Dichter dargestellten Welt. Und das eben ist der Vorzug der höchsten Form der Poesie, der Tragödie, dass sie uns am meisten den Blick in die innere Nothwendigkeit des Ganges der Dinge öffnet.

Eine innere Nothwendigkeit oder Wahrscheinlichkeit wurde aber gefordert sowohl für die Verknüpfung der Thatsachen, als für die Charaktere. Wir erinnern uns noch, dass in Bezug auf die Composition der Fabel Aristoteles die Forderung stellte, dass auch der Eintritt jeder Handlung aus der Natur der Sache hervorgehen, d. h. nothwendig oder wahrscheinlich sein, und die sich schliesslich ergebende Lösung der tragischen Fabel aus dem Wesen des Vorgangs sich ergeben müsse. Damit wir die Ursache von dem Unglück des Tragischen als einem nothwendigen begreifen sollten, hatte Aristoteles sich ausdrücklich gegen die Wahl der idealen Charaktere erklärt, und als Helden Menschen gefordert, die mit uns als Menschen dem Irrthume unterworfen sind.

Genügt der Dichter diesen beiden Forderungen, so gelangt der Zuhörer zu der Einsicht in die innere Nothwendigkeit der Folge von Ursache und Wirkung im Verlaufe der Handlung und zur Erkenntniss der Schuld im Leiden des Helden, hierdurch aber zur Ueberzeugung der ewigen Gerechtigkeit. »Das erregt unsere Theilnahme, wenn der Kluge, dessen Klugheit aber mit Schlechtigkeit Hand in Hand geht, vor unsern Augen überlistet wird, und wenn der tapfere aber ungerechte Mann überwunden wird.« Dies Beides also, die innere Nothwendigkeit der tragischen Handlungen und die ewige Gerechtigkeit zu einem Ganzen verbunden, bedingt die Theilnahme des Zuhörers, und aus ihnen geht die Befriedigung hervor, welche die Tragödie als Endresultat zu Stande bringt. Dass also die Tragödie eine eigenthümliche Lustempfindung, ein Gefühl der Befriedigung in uns hervorbringt, trotzdem dass ihr Inhalt so jammervoll ist und das Gefühl des Mitleids und der Furcht in uns erweckt, hat also nur darin seinen Grund, dass wir den nothwendigen Zusammenhang von Ursache und Wirkung richtig erkennen, das Unglück des tragischen Helden als ein durch seinen eigenen Fehl herbeigeführtes gezeigt, und die Ueberzeugung der ewigen Vernünftigkeit und Gerechtigkeit in uns aufrecht erhalten wird. Hiermit stimmt auch überein die Ansicht Hegels: »Nur dann ist nicht das Unglück und Leiden, sondern die Befreiung des Geistes das Letzte, insofern am Ende die Nothwendigkeit dessen, was den Individuen geschieht, als absolute Vernünftigkeit erscheinen kann und das Gemüth wahrhaft sittlich beruhigt ist, erschüttert durch das Loos des Helden, versöhnt in der Sache.«

So haben wir denn die Lehre des Aristoteles Schritt vor Schritt in ihrem Zusammenhange verfolgt. Ist dieselbe richtig, so lautet die Aristotelische Definition von der Tragödie jetzt folgendermassen: »Die Tragödie ist eine Nachahmung, d. h. eine kunstmässig schöpferische Darstellung, die als Object, das sie darstellt, eine Handlung von bestimmt abgegrenztem Umfange hat, in der sich der Ernst des Lebens bewegt, vorgeführt von wirklich handelnden Personen, welche durch Mitleid und Furcht die Katharsis der leidvollen Empfindungen dieser Art vollbringt.« Aus diesen bedeutungsvollen Worten ergiebt sich, dass Aristoteles im Gegensatz zu Plato die ganze Wirkung der Tragödie auf die furcht- und mitleiderregenden Empfindungen baut, um aber das Gemüth, welches durch diese Effecte erschüttert ist, wieder zu beruhigen, eine Reinigung dieser leidvollen Empfindungen verlangt, welche, wie nachgewiesen ist, aus dem Gefühle der Befriedigung entspringt, welches aus der tröstlichen Ueberzeugung der absoluten Gerechtigkeit hervorgerufen ist.

Schliesslich noch ein Wort über die sittlich bildende Wirkung der Tragödie.

Göthe hat gesagt: »Die Musik so wenig als irgend eine Kunst vermag auf Moralität zu wirken.«

Anders dachte Aristoteles, der jeder Kunst einen entschiedenen Einfluss auf die sittliche Bildung zuschrieb, vor allen aber der höchsten aller Künste, der Poesie. Die versittlichende Wirkung ist dem Aristoteles der wahre Zweck aller Künste. Damit aber stellt er sie nicht in den Dienst der Moral, sondern, wie Biese in der Philos. des Arist. II., 731 sagt: »Aristoteles betrachtet sie als eine freie, dem Menschengeiste innewohnende selbständig bildende Kraft, welche sich erhebend über das sinnliche, neue eigene Schöpfungen hervorruft, in denen sich die Gegensätze und Widersprüche des endlichen Lebens in eine harmonische Einheit auflösen, wodurch ein reinigender läuternder Einfluss auf das Gemüth ausgeübt wird.«

Worin aber liegt nun die sittlich bildende Wirkung, welche die Tragödie auf uns übt? Die Antwort lautet: In der Ueberwindung des scheinbaren Widerspruchs, der im Drama zum Vorschein kommt.

Erschien einerseits uns das Grosse und Edle des Subjects als etwas für uns selbst Begehrenswerthes, so wurde uns andererseits gezeigt, dass es nur unter gewissen Bedingungen begehrenswerth sei, wurden wir dazu getrieben den Helden in seiner Grösse zu bewundern, so sahen wir auch wieder, wie er dem nothwendigen Gesetze des Lebens unterliegen musste. Insofern gewährt uns die Tragödie nicht allein Erhebung und Genuss, sondern sie enthält auch Lehre und bildende Kraft. Sollte noch Jemand Zweifel darüber erheben, dass dem Aristoteles der Begriff des Sittlichen wirklich so wichtig war, so geben wir demselben nur zu bedenken, dass Aristoteles die ganze Gliederung der Kunst auf die Begriffe von Gut und Schlecht zurückführte.

Da uns Aristoteles selbst hinsichtlich seiner Lehre von dem Tragischen im Unklaren gelassen hat, so würde es anmassend sein, unsere Erklärung seiner gegebenen Definition gerade als die richtige hinzustellen. Wie viele Erklärer des Aristoteles sind in zahlreiche Verwickelungen gerathen und von dem richtigen Verständnisse der Aristotelischen Lehre abgeführt worden! Auch unsere Erklärung darf nur als ein schwacher Versuch, zu dem Verständniss der Aristotelischen Definition zu gelangen, angesehen werden.